LUCY
L'espoir

Histoire originale
Patrick Norbert

Dessin & couleur
Tanino Liberatore

Conseil scientifique & préface
Yves Coppens

Glénat

Note de l'auteur

La grande histoire des hommes a débuté il y a environ six millions d'années, à une époque où notre lignée, celle des hominidés, par l'effet conjugué de phénomènes d'abord tectoniques puis climatiques, s'est séparée de celle des grands singes.

Tous les êtres humains, sans distinction de race, ont donc en commun une seule et même origine.

Le berceau de l'humanité, là où pour la première fois se sont manifestées les prémices d'une émergence de conscience, se situe dans une petite vallée de l'Afar, en Afrique orientale.

Sans délaisser le cadre scientifique, j'ai opté pour un récit fidèle à l'image de nos ancêtres, certes jonché d'obstacles et de difficultés, mais surtout inventif, facétieux, délibérément optimiste et, par-dessus tout peut-être, poétique ; parce que la poésie affleure partout, chaque fois que l'homme vit en harmonie avec la nature.

Je situe mon histoire dans cet espace de poésie, d'harmonie, de symbiose avec la nature, comme à cet instant où l'héroïne observe une traînée lumineuse s'inscrire sur la voûte céleste. Elle se sent vivante, dans un monde dont elle sent confusément battre le cœur à l'unisson du sien, avec au fond du regard cette lueur d'humanité qui pose l'invincible questionnement du grand mystère qui nous enveloppe.

Je me suis appliqué à ce que cette question fondamentale plane sur le récit, par le puissant moyen de la suggestion qui éveille en nous l'imagination et la rêverie, pour tenter de nous restituer cette part de nous-mêmes, plus intime que la conscience, et ainsi nous permettre d'accéder à l'universel auquel nous sommes indéfectiblement liés : la densité d'une lumière dans son expression originelle, la vision virginale des paysages luxuriants des grandes plaines africaines, quelques animaux contemporains des héros de cette histoire qui ont accompagné notre fantastique évolution à travers le temps, toute chose dont l'existence concrète, singulière et sensible, comme la couleur d'un ciel, la virginité d'une eau transparente, le léger bruissement d'une feuille dans la chaleur de la savane, autant d'éléments que Tanino Liberatore a su si merveilleusement restituer.

Entre la représentation fondatrice, primitive, des deux héros de cette histoire et les créatures que nous sommes devenues, il existe une similitude secrète, une parenté troublante. Nous incarnons « le Rêve humain ».

Chacun à notre manière, consciemment ou inconsciemment, nous nous débattons au service d'un grand projet commun, celui de nous libérer de l'apesanteur. Il nous faut pour cela endosser notre panoplie de héros, et nourrir infatigablement ce rêve de nos illusions, de nos croyances puisées au creuset de notre incommensurable naïveté de créature mortelle.

C'est cette marque inscrite au plus profond de nos gènes, ce mythe du héros qui n'a d'autre choix que celui de se transcender pour échapper au chaos. C'est ce rêve originel et enfantin que j'ai voulu raconter, le rêve des enfants que nous persistons à rester toute notre vie.

Patrick Norbert

« Sans conscience, il n'est pas de raison d'exister. »

DES EMPREINTES DE PAS FOSSILISÉES APPARAISSENT DANS UNE COUCHE DE CENDRE VOLCANIQUE... AU FUR ET À MESURE QUE NOUS REMONTONS LA PISTE, UNE LÉGÈRE BRISE SE LÈVE DEVANT NOUS, SOULEVANT LES POUSSIÈRES DE CENDRE SOUS LESQUELLES LA MATIÈRE SEMBLE SE RECOMPOSER.

LES EMPREINTES DE PLUS EN PLUS FRAÎCHES NOUS EMPORTENT AU CŒUR DE L'AFRIQUE DE L'EST, DANS LA VALLÉE DE L'AFAR, IL Y A 3,7 MILLIONS D'ANNÉES.

EN HAUT DE LA PISTE, UN ENFANT JOUE À POSER SES PAS DANS D'AUTRES PAS, PLUS GRANDS QUE LES SIENS, QUI S'IMPRIMENT DEVANT LUI.

IL SAUTE D'UNE EMPREINTE À L'AUTRE, FACÉTIEUX, POUSSANT DES PETITS CRIS DE VICTOIRE CHAQUE FOIS QU'IL RETOMBE DANS LA MARQUE.

IL RATTRAPE BIENTÔT D'AUTRES PIEDS, MASSIFS, NOUEUX, ENDURCIS PAR LA CORNE, QUI S'ENFONCENT SANS RÉSISTANCE DANS LE SOL HUMIDE.

IL SAISIT LA MAIN DE SA MÈRE, SUBITEMENT INQUIET.

AU BOUT DE LA PISTE, LUCY ET ADAM NOUS ATTENDENT. ILS NOUS REGARDENT, UN REGARD INTENSE, PROFOND, QUI NE DEMANDE RIEN, QUI SE CONTENTE D'EXPRIMER SON HUMANITÉ.

ADAM ÉVALUE L'ÉTROIT PASSAGE QUI MONTE EN PENTE DOUCE VERS LES PREMIERS CONTREFORTS D'UN VOLCAN ENNEIGÉ...

L'ENFANT A VU QUELQUE CHOSE QUI CAPTE SON ATTENTION.

IL SE DÉTACHE DE SA MÈRE, FAIT QUELQUES PAS, AVANT DE SE FIGER BRUSQUEMENT...

LUCY SENT UNE ONDE GLACÉE LUI PARCOURIR LE DOS...

L'ENFANT RESTE EN ARRÊT, HYPNOTISÉ.

UN LONG GRONDEMENT SOURD SE PROPAGE DANS LA VALLÉE, COMME UN MAUVAIS PRÉSAGE...

LE CIEL SE COUVRE, MENAÇANT...

D'ÉNORMES MASSES DE NUAGES NOIRS ROULENT EN RANGS SERRÉS DANS UN CIEL OCRE CHARGÉ D'ÉLECTRICITÉ...

L'ENFANT, SANS QUE L'ON PUISSE AFFIRMER QU'IL S'AGIT BIEN DU MÊME...

...REJOINT UN GROUPE D'UNE VINGTAINE D'INDIVIDUS QUI AGITENT DES BRANCHES MORTES AU-DESSUS DE LEURS TÊTES DANS UNE SORTE DE RITUEL INCANTATOIRE À L'ADRESSE DU CIEL.

ILS POUSSENT DES CRIS AIGUS, PERÇANTS, MARTELANT FRÉNÉTIQUEMENT LE SOL SELON UN MOUVEMENT DE PAS PROPRE À CHACUN, LE SEUL LIEN LES UNISSANT ÉTANT CE CERCLE INCERTAIN QU'ILS FORMENT, SI L'ON EXCEPTE LES DEUX OU TROIS RÉFRACTAIRES QUI REMONTENT LA RONDE EN SENS INVERSE.

LE ROULEMENT DU TONNERRE LEUR
RÉPOND EN GRONDANT DANS LE FOND
DE LA VALLÉE. LE CIEL LUI-MÊME
PARAÎT SENSIBLE À LEUR APPEL...

UN ÉCLAIR DÉCHIRE SOUDAIN LE CIEL DE PART EN PART...
DE GROSSES GOUTTES DE PLUIE FONT RÉSONNER LE VENTRE
CREUX DE LA TERRE, FRAPPANT LE SOL DESSÉCHÉ DE LA SAVANE
AU RYTHME D'UN ROULEMENT DE TAM-TAM.

UN COUP DE TONNERRE, PLUS VIOLENT ENCORE QUE LES PRÉCÉDENTS, OUVRE LE CIEL EN DEUX, LIBÉRANT DES CATARACTES D'EAU...

...AVANT QUE LA FOUDRE, DANS UN FRACAS ASSOURDISSANT, NE FRAPPE LE SOMMET D'UN ARBRE QUI S'ENFLAMME COMME UNE TORCHE.

LA VISION DU FEU A UN EFFET TERRIFIANT SUR LE CLAN QUI SE DISLOQUE ENTRE LES HAUTES HERBES.

SEULE UNE FEMELLE, DEMEURE ÉTRANGEMENT INERTE. SON REGARD TÉTANISÉ RESTE BRAQUÉ SUR LE BRASIER.

ELLE TOMBE À GENOUX, INCAPABLE D'ALLER PLUS LOIN.

ELLE ALLONGE SON CORPS POUR ATTÉNUER SES DOULEURS. ELLE SENT SON BÉBÉ FAIRE UNE VAGUE À LA SURFACE DE SON VENTRE.

UN BRUIT D'HERBE TOUT PROCHE LA SORT DE SA TORPEUR... UN MÂLE EST REVENU SUR SES PAS, PEUT-ÊTRE LE PÈRE DE SON ENFANT.

MAIS LE BRASIER INTENSIFIE SA MENACE, UNE GROSSE BRANCHE EN FEU SE BRISE DANS UN BRUIT D'ENFER...

DES GERBES D'ÉTINCELLES CLAQUENT DANS L'AIR COMME DES PÉTARDS... LE MÂLE, TERRORISÉ, PRÉFÈRE S'ENFUIR, ABANDONNANT SA COMPAGNE À SON SORT.

LE JOUR SE LÈVE. DES LAMBEAUX DE CIEL ROUGE S'ARRACHENT À LA NUIT QUI SE REPLIE EN ORDRE DISPERSÉ. DES CRIS AIGUS, STRIDENTS, VIBRENT DANS L'AIR AU LOIN...

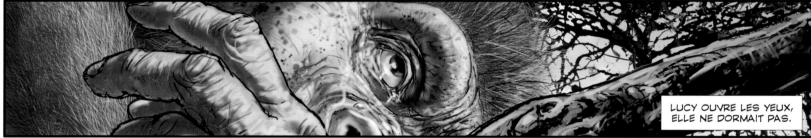

LUCY OUVRE LES YEUX, ELLE NE DORMAIT PAS.

LES OISEAUX NOIRS AU LONG COU FONT PEUR À LUCY. QUAND ELLE LES VOIT DANS LE CIEL, LUI REVIENNENT EN MÉMOIRE DES IMAGES QUI RESTENT LONGTEMPS DANS SA TÊTE, MÊME LA NUIT QUAND ELLE DORT.

ET S'IL S'AGISSAIT DE L'UN DES SIENS ?

LUCY VEUT SAVOIR.

DEUX CHASSEURS INTRÉPIDES DISPUTENT UNE CARCASSE D'ANTILOPE À UNE COLONIE DE VAUTOURS BELLIQUEUX.

L'AFFRONTEMENT EST VIOLENT...

C'EST LA PREMIÈRE FOIS QUE LUCY VOIT DES CHASSEURS D'UNE TELLE AUDACE. ILS SONT PLUS GRANDS QUE LES MÂLES DE SON CLAN, ILS SE DÉPLACENT MIEUX, PLUS VITE. LUCY EN EST TRÈS IMPRESSIONNÉE.

UN RAPACE PIQUE SOUDAIN SUR L'UN D'EUX ET LUI ENFONCE LE BEC DANS LE CUIR CHEVELU D'OÙ GICLE INSTANTANÉMENT UN GEYSER DE SANG.

LA VISION DU SANG ÉLECTRISE SON CONGÉNÈRE QUI ENTRE DANS UNE RAGE HYSTÉRIQUE.

UNE HYÈNE A REPÉRÉ LUCY SOUS LES HAUTES HERBES...

ELLE GROGNE EN AVANÇANT, LES BABINES RELEVÉES SUR SES CANINES ACÉRÉES.

MAIS LUCY N'A PAS L'INTENTION DE SE LAISSER FAIRE.

D'UN MAÎTRE TIR, ELLE FOUDROIE LE CARNASSIER QUI DOIT FAIRE VOLTE-FACE.

LES DEUX CHASSEURS ONT REJOINT LEUR CAMP SUR UNE RIVE DE LA GRANDE EAU BLEUE. TOUT LE CLAN EST SUSPENDU AU RÉCIT DE LEUR EXPLOIT. LE JEUNE CHASSEUR, GRISÉ PAR LES REGARDS PLEINS DE RESPECT ET D'ADMIRATION QU'IL SENT POSÉS SUR LUI, SE LIVRE SANS RETENUE.

SON LANGAGE EST CONSTRUIT, PONCTUÉ. CERTAINS SONS REVIENNENT, ASSOCIÉS AUX MÊMES GESTES QUI SEMBLENT SE COMBINER POUR EXPRIMER DES IMAGES OU DES IDÉES QUE CHACUN COMPREND.

LUCY OBSERVE CE CLAN QUI SEMBLE SI DIFFÉRENT DU SIEN.

LA HARDE EST ATTENTIVE, COMME SUSPENDUE À CETTE COMBINAISON NATURELLE DE SONS ET DE GESTES QUI FORMENT UN LANGAGE. UN LANGAGE TRANSMETTEUR D'ÉMOTIONS, GÉNÉRANT TOUR À TOUR DES RÉACTIONS DE TENSION, DE PEUR, OU ENCORE DE SOULAGEMENT QUI S'INSCRIVENT SUR LES VISAGES, AVEC UNE SIMULTANÉITÉ QUI CONFÈRE À LA SCÈNE UN PETIT EFFET COMIQUE.

MAIS TOUT LE MONDE N'APPRÉCIE PAS LE SOUDAIN INTÉRÊT QUE SUSCITE LE JEUNE CHASSEUR AUPRÈS DE SES CONGÉNÈRES.

UN MÂLE S'EST DRESSÉ, MENAÇANT.

SON IMPRESSIONNANTE CORPULENCE, SA TOISON ARGENTÉE, ET SURTOUT L'INCONTESTABLE AUTORITÉ QUI ÉMANE DE LUI, LE DÉSIGNENT SANS L'OMBRE D'UN DOUTE COMME LE MÂLE DOMINANT DU CLAN.

LUCY SE MET À TREMBLER. ELLE DOIT BLOQUER SA MAIN SUR SON VENTRE POUR CALMER SON BÉBÉ QUI FAIT DES ACROBATIES.

LE JEUNE CHASSEUR SE REBELLE. POUR LA PREMIÈRE FOIS, SON INSTINCT LUI COMMANDE DE NE PAS SE SOUMETTRE.

À CE JEU, LE MÂLE DOMINANT PREND RAPIDEMENT LE DESSUS. LE JEUNE CHASSEUR A LAISSÉ BEAUCOUP DE FORCES DANS SON COMBAT DU MATIN.

IL S'EN SORT PAR LA RUSE...

PRÉCIPITANT LE VIEUX CHEF CONTRE UN ROCHER SUR LEQUEL SA TÊTE S'ÉCRASE DANS UN BRUIT SOURD.

CERTAINS PRENNENT DÉJÀ LE PARTI DU VAINQUEUR, LES AUTRES PRÉFÈRENT RESTER PRUDENTS.

ILS ATTENDENT AVEC MÉFIANCE L'ÉVENTUELLE RÉACTION DE LEUR CHEF...

...QUI, BIEN QUE DUREMENT SECOUÉ, EST EN TRAIN DE REFAIRE SURFACE.

IL SURGIT, PLEIN DE FUREUR, DANS LE DOS DU JEUNE CHASSEUR...

UN VIOLENT CORPS À CORPS S'ENGAGE...

... OÙ TOUS LES COUPS SONT PERMIS.

... AVEC UNE FÉROCITÉ HORS DU COMMUN.

LES DEUX MÂLES SE RENDENT COUP POUR COUP...

LES MEMBRES DE LA HARDE SE DÉPLACENT EN ÉLARGISSANT LE CERCLE AUTOUR DES DEUX COMBATTANTS. ILS HURLENT, TRÉPIGNENT, POUR ENCOURAGER OU INVECTIVER L'UN OU L'AUTRE DES PROTAGONISTES.

LE DOMINANT PARVIENT À DÉSÉQUILIBRER LE JEUNE MÂLE...

... ET À L'IMMOBILISER CONTRE UN ROCHER.

LE JEUNE CHASSEUR LÂCHE PRISE, IL N'ARRIVE PLUS À RESPIRER. LE TEMPS S'ÉTIRE... LA HARDE TOUTE ENTIÈRE S'EST FIGÉE. LE VIEUX CHEF S'APPRÊTE À PORTER LE COUP DE GRÂCE...

AU DERNIER MOMENT, IL A DÉCIDÉ D'ÉPARGNER SON RIVAL. IL CONSERVE CEPENDANT UNE POSTURE MENAÇANTE...

LE JEUNE CHASSEUR DOIT MARQUER SA SOUMISSION. LE CHÂTIMENT DES VAINCUS EST SANS APPEL : IL DOIT QUITTER LE CLAN POUR TOUJOURS.

IL A UN DERNIER REGARD PLEIN D'HUMILIATION À L'ADRESSE DE SON CLAN. CERTAINS DE SES CONGÉNÈRES LE CONSPUENT, LES AUTRES NE PEUVENT S'EMPÊCHER D'EXPRIMER LEUR TRISTESSE.

LUCY AUSSI EST TRISTE.

LA VIE DU CLAN REPREND RAPIDEMENT SES DROITS...

LES FEMELLES CUEILLENT DES BAIES OU DÉTERRENT DES RACINES QU'ELLES DONNENT AUX ENFANTS, ALLANT DE L'UN À L'AUTRE, AU HASARD DE LEUR PROXIMITÉ, SANS DISTINCTION DE LIEN QUI POURRAIT LES UNIR.

UNE FEMELLE S'AMUSE À BALANCER UN ENFANT AU BOUT D'UNE BRANCHE MORTE.

LES MÂLES, DE LEUR CÔTÉ, SE CROISENT EN CIRCONVOLUTIONS IMPATIENTES AUTOUR DE LA CHAROGNE, ATTENDANT QUE LE MÂLE DOMINANT DONNE LE SIGNAL.

LE VIEUX MÂLE S'ARROGE LE RÔLE DE PARTAGER LA VIANDE, QU'IL S'APPLIQUE À DISTRIBUER EN PORTIONS ÉGALES.

PAR LE PLUS GRAND DES HASARDS, L'ENFANT SE SERT DE L'APPUI DE LA BRANCHE MORTE POUR ACCOMPLIR SES PREMIERS PAS.

LUCY NE MANQUE RIEN DES EXPLOITS DU JEUNE PRODIGE...

... QUI DÉMONTRE UNE APPLICATION, AINSI QU'UNE APTITUDE SINGULIÈRE À ACCOMPLIR SES PREMIÈRES FOULÉES DE BIPÈDE.

UNE BRANCHE CRAQUE SOUDAIN SOUS LE PIED DE LUCY...

UNE FEMELLE DÉSIGNE L'ENDROIT DES TAILLIS OÙ ELLE EST CACHÉE.

LUCY PANIQUE, ELLE PIÉTINE SUR PLACE...

LES MÂLES LÂCHENT LEUR MORCEAU DE VIANDE ET S'ARMENT DE GOURDINS.

LUCY FUIT AUSSI VITE QU'ELLE LE PEUT, QUAND UNE DOULEUR DANS SON VENTRE, VIOLENTE, INSUPPORTABLE, LA CLOUE SUR PLACE.

LES MÂLES OPÈRENT UN MOUVEMENT DE RASSEMBLEMENT SYNCHRONISÉ, ET LANCENT LA TRAQUE...

LUCY S'ENFONCE DANS LES FOURRÉS, TÉTANISÉE PAR UNE DOULEUR QU'ELLE NE PEUT PLUS CONTENIR.

AUX CRIS QUI SE RAPPROCHENT, ELLE COMPREND QUE LES CHASSEURS L'AURONT BIENTÔT REJOINTE.

ELLE PARVIENT À ATTEINDRE UN ÉPAIS BUISSON SOUS LEQUEL ELLE SE GLISSE. ELLE N'OSE PLUS BOUGER...

... ELLE BLOQUE SA RESPIRATION. LA DOULEUR AIGUË, LANCINANTE, SE MANIFESTE AU RYTHME DES CONTRACTIONS QUI S'INTENSIFIENT PAR VAGUES DE PLUS EN PLUS RAPPROCHÉES.

À TRAVERS LA DENSITÉ DU FEUILLAGE, ENTRE DEUX SPASMES...

... ELLE APERÇOIT LES OMBRES INQUIÉTANTES DE LA HARDE QUI PASSENT ET REPASSENT...

... QUADRILLANT LE PÉRIMÈTRE AUTOUR D'ELLE, SANS LA VOIR.

QUAND, D'UN COUP, ELLE PERD LES EAUX.

LES MUSCLES DE SON PÉRINÉE SE DILATENT. UNE SEULE CONTRACTION SUFFIT À EXPULSER LE BÉBÉ...

ELLE LE PORTE À LA LUMIÈRE, TOUT RUISSELANT.

LE CORDON OMBILICAL NE S'ARRÊTE PAS DE BATTRE, L'ENFANT PEUT RÉGULER SON BESOIN EN OXYGÈNE TOUT EN CONTINUANT DE RESPIRER PAR L'INTERMÉDIAIRE DE SA MÈRE.

TAPI DANS L'OBSCURITÉ, UN INDIVIDU L'ÉPIE EN SILENCE... IL S'AGIT D'UN MÂLE, MAIS LE MANQUE DE CLARTÉ NE PERMET PAS DE LE DÉTAILLER DAVANTAGE.

LE NOUVEAU-NÉ OUVRE DE GRANDS YEUX QU'IL PROMÈNE SANS RELÂCHE DANS LE VIDE.

ELLE AVALE LES LAMBEAUX DE PLACENTA ROUGI PAR LE SANG QUI COLLE ENCORE À LA PEAU DE SON ENFANT.

ELLE SECTIONNE LE CORDON OMBILICAL À PRÉSENT NÉCROSÉ.

L'INDIVIDU QUI L'ÉPIAIT DÉGRINGOLE SOUDAIN DE SON POSTE D'OBSERVATION...

...IL S'ÉCRASE LOURDEMENT AU SOL, SE RELÈVE PRESTEMENT, ET CONTRE TOUTE ATTENTE...

...DISPARAÎT D'UN BOND DERRIÈRE LE FEUILLAGE...

LUCY EN DÉDUIT QU'ELLE N'A PAS ÉTÉ VUE. ELLE PRÉFÈRE ÉVACUER L'INCIDENT, ET SE CONCENTRER SUR SON BÉBÉ QUI RÉCLAME TOUTE SON ATTENTION.

À BOUT DE FORCE, ELLE S'ENDORT, APAISÉE.

UN AUTRE JOUR SE LÈVE. TOUTE UNE FAUNE D'HERBIVORES, UN TROUPEAU D'HYPARIONS, UNE FAMILLE DE CHALICOTHÈRES, UN COUPLE D'ANTILOPES ET QUELQUES ZÈBRES SE RETROUVENT AU POINT D'EAU, GORGÉ CE MATIN ENCORE PAR LES PLUIES DILUVIENNES DE LA VEILLE.

LUCY N'A PAS BEAUCOUP DORMI. ELLE EST VENUE CHERCHER UN PEU DE FRAÎCHEUR, AVANT UNE JOURNÉE QUI NE S'EST PAS ENCORE IMPOSÉE, MAIS OÙ L'AIR MANQUE DÉJÀ. ELLE A DU MAL À MARCHER. DES BRÛLURES AU BAS-VENTRE L'AIGUILLONNENT À CHAQUE PAS QU'ELLE FAIT.

LE CONTACT DE L'EAU L'APAISE, AUTANT QUE SON BÉBÉ, QUI LA GRATIFIE D'INDÉCHIFFRABLES VOCALISES.

ELLE EN PROFITE POUR SOULAGER SES CHAIRS À VIF...

... QUAND UN LÉGER BRUIT LA FAIT SURSAUTER.

ELLE DEVINE UNE PRÉSENCE EMBUSQUÉE DERRIÈRE LES FEUILLAGES.

LE CAILLOU PART AVEC UNE FORCE ET UNE PRÉCISION PRODIGIEUSES. CETTE FOIS, LUCY A LE TEMPS D'IDENTIFIER L'IMPORTUN.

IL S'AGIT DU JEUNE CHASSEUR BANNI DE SON CLAN.

ADAM A ERRÉ TOUT LE JOUR. SEUL, DÉSEMPARÉ, SES PAS L'ONT RAMENÉ SUR LES TRACES DE SON CLAN, AU BORD DE LA GRANDE EAU BLEUE.

L'ENDROIT EST DÉSERT, MÊME LES ANIMAUX ONT DISPARU. IL MARCHE DE LONG EN LARGE, COMME POUR SE PERSUADER DE CETTE RÉALITÉ.

IL S'ASSOIT SUR UN ROCHER, DÉCOURAGÉ... LORSQU'IL APERÇOIT DU SANG FRAIS SUR LE SOL.

IL ENTEND DES GROGNEMENTS RAUQUES, EN MÊME TEMPS QU'UNE INSUPPORTABLE ODEUR REMPLIT SES NARINES.

LES TRACES DE SANG LE CONDUISENT À UN ÉPAIS FOURRÉ DERRIÈRE LEQUEL IL DÉCOUVRE TROIS MACHAIDORUS QUI DÉVORENT UNE FEMELLE DE SON CLAN.

IL S'ÉLOIGNE À RECULONS, LE CORPS TOUT ENTIER SECOUÉ PAR UN TREMBLEMENT NERVEUX QU'IL NE PARVIENT PAS À RÉPRIMER. IL VACILLE, PRÊT À S'EFFONDRER...

LA FAMILLE DE HYÈNES RÔDE TOUJOURS DANS LES PARAGES.

UNE RAGE FURIEUSE S'EMPARE DE LUI.

IL FONCE SUR LA MEUTE QUI SE DISLOQUE SOUS LA MENACE, AVANT DE SE REFORMER AUSSITÔT...

LUCY OBSERVE LA SCÈNE DE LOIN. C'EST UNE VISION ÉTRANGE QUI S'OFFRE À SES YEUX.

LES HYÈNES, DISSIMULÉES SOUS LES HAUTES HERBES, ÉCHAPPENT À SON CHAMP VISUEL...

... DE SORTE QU'ELLE NE VOIT QU'UN INDIVIDU HYSTÉRIQUE, COURANT DANS TOUS LES SENS, HURLANT À L'ADRESSE DE L'INVISIBLE, UN BÂTON À LA MAIN.

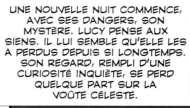

UNE NOUVELLE NUIT COMMENCE, AVEC SES DANGERS, SON MYSTÈRE. LUCY PENSE AUX SIENS. IL LUI SEMBLE QU'ELLE LES A PERDUS DEPUIS SI LONGTEMPS. SON REGARD, REMPLI D'UNE CURIOSITÉ INQUIÈTE, SE PERD QUELQUE PART SUR LA VOÛTE CÉLESTE.

ELLE OBSERVE LES LUMIÈRES ACCROCHÉES AU-DESSUS DE SA TÊTE, FASCINÉE PAR LEUR SCINTILLEMENT QUI SEMBLE BATTRE AU MÊME RYTHME QUE SON CŒUR, QU'ELLE ENTEND COGNER DANS SA POITRINE. AU FOND DE SON REGARD BRILLE CETTE LUEUR D'HUMANITÉ QUI RENFERME LE MYSTÈRE DU MONDE.

LUCY SUIT DES YEUX LE VOL D'UN GRAND PAPILLON AUX AILES NACRÉES DE BLEU, QUI SEMBLE CONCENTRER SUR SA VOILURE TOUTES LES LUMIÈRES DU SOIR.

LE LÉPIDOPTÈRE L'ENTRAÎNE AU CONTACT DE QUELQUES-UNS DE SES CONGÉNÈRES...

... PUIS D'UNE MULTITUDE D'AUTRES...

... PROJETÉS DANS L'AZUR COMME SOUS L'EFFET D'UNE SOUFFLERIE...

... ENFIN DE MILLIERS DE PAPILLONS ACCROCHÉS EN GRAPPES SERRÉES SUR LE TRONC D'UN ARBRE MORT.

LUCY N'A PAS MANGÉ DEPUIS DES JOURS.

33

ELLE GOBE À LA VOLÉE LES NUAGES DENSES D'AILES EN PANIQUE...

... ET SE DÉLECTE DES CORPS CROUSTILLANTS REMPLIS D'UNE SUBSTANCE GLUANTE, ÂPRE ET SUCRÉE.

ELLE DONNE L'IMPRESSION DE SUCCOMBER SOUS LE POIDS DES INSECTES...

... QUI S'ACCROCHENT À ELLE PAR CENTAINES, FORMANT UNE GANGUE SI SERRÉE...

... QUE SA SILHOUETTE GRACILE SEMBLE GAINÉE D'UNE COMBINAISON DE NACRE BLEUE.

MAIS LE SENTIMENT DE SATIÉTÉ EST FUGACE.

ELLE VIENT DE RÉALISER SON IMPRUDENCE.

UNE OMBRE GÉANTE JETTE UN VOILE NOIR SUR TOUTE LA VALLÉE...

... ELLE SE DÉBAT DE TOUTES SES FORCES COMME UN GROS INSECTE LUTTANT POUR SE LIBÉRER DE SA CHRYSALIDE.

LES DOSES MASSIVES D'ADRÉNALINE, QUI SUINTENT PAR TOUS LES PORES DE SA PEAU, ÉJECTENT DE SON CORPS LES MILLIERS D'AILES QUI CAPTENT LE SIGNAL DE DANGER.

UN AIGLE MARTIAL TOMBE DU CIEL COMME UNE PIERRE...

... LUCY SE JETTE EN AVANT. UN BOND IRRÉEL DE PLUSIEURS MÈTRES, PRESQUE AU RALENTI.

LES SERRES TRANCHANTES COMME DES LAMES...

... LUI TRANSPERCENT LES CHAIRS.

ELLE NE PEUT OPPOSER LA MOINDRE RÉSISTANCE. LE SOL SE DÉROBE SOUS SES PIEDS. ELLE VOIT, SOUS ELLE, LA VALLÉE RÉTRÉCIR À VUE D'ŒIL

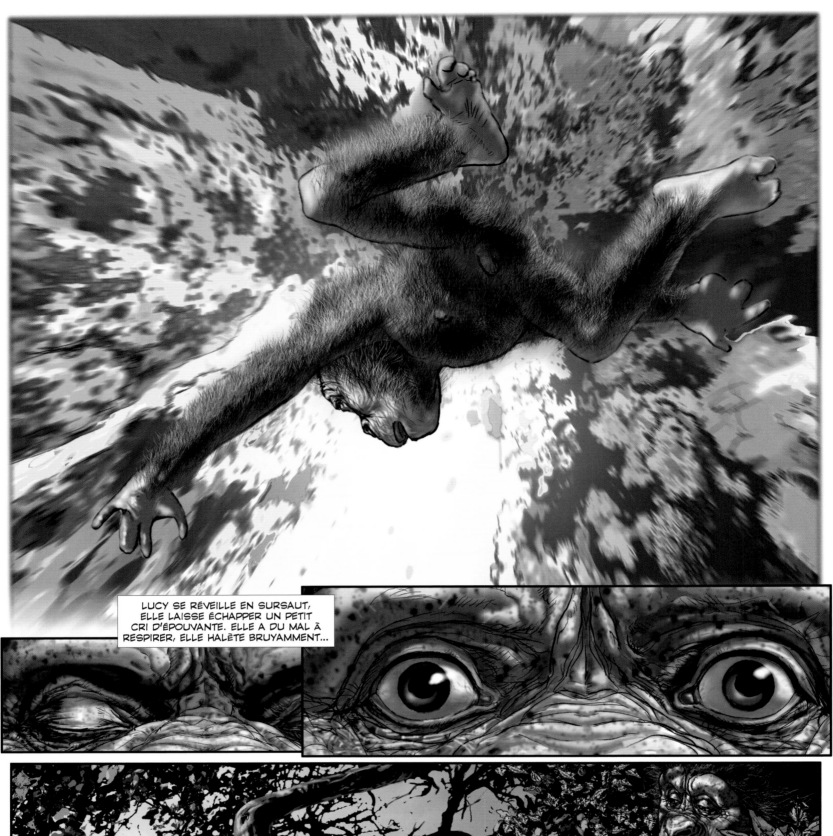

LUCY SE RÉVEILLE EN SURSAUT, ELLE LAISSE ÉCHAPPER UN PETIT CRI D'ÉPOUVANTE. ELLE A DU MAL À RESPIRER, ELLE HALÈTE BRUYAMMENT...

... JUSQU'À CE QUE SON REGARD SE POSE SUR SON BÉBÉ QUI DORT PAISIBLEMENT. ELLE SE CALME PEU À PEU...

ADAM GROMMELLE EN OUVRANT LES YEUX. IL VIENT D'ÊTRE RÉVEILLÉ PAR UN BRUIT ÉTRANGE QUI TRANSPERCE LE FEUILLAGE.

IL APERÇOIT LUCY AU PIED DE L'ARBRE, QUI LANCE EN DIRECTION DE LA VALLÉE UN CHAPELET DE SONS LANCINANTS, TANTÔT GRAVES, TANTÔT AIGUS, ENTRECOUPÉS DE SILENCES CALIBRÉS...

... QUI RÉSONNENT COMME UN APPEL. MAIS SEUL L'ÉCHO, DE LOIN EN LOIN, LUI RÉPOND.

UN NOUVEAU JOUR S'ENFUIT D'UN MONDE DÉSORMAIS TROP GRAND POUR LUCY.

ELLE EFFECTUE UN LENT DÉPLACEMENT FACE AU VENT.

LA BRISE QUI EMPLIT SES NARINES VIENT DE L'ALERTER D'UN DANGER.

UN CARACAL PASSE AU RALENTI DEVANT ELLE, PROMENANT SUR LA SAVANE SON ŒIL FROID DE TUEUR AFFAMÉ.

LA NUIT EST DÉFINITIVEMENT TOMBÉE.

LUCY EST PARVENUE À TROUVER UN SEMBLANT DE SOMMEIL.

ADAM S'EST INSTALLÉ DANS L'ARBRE VOISIN. IL ÉMET DANS SA DIRECTION UN HULULEMENT AIGU, INSISTANT...

IL SE DRESSE BRUSQUEMENT... HURLE, TRÉPIGNE SUR SA BRANCHE, SECOUE LE FEUILLAGE AVEC DE GRANDS GESTES FRÉNÉTIQUES.

LUCY SE RÉVEILLE.

ELLE SERRE SON BÉBÉ CONTRE ELLE, TOUT SON CORPS SE MET À TREMBLER...

38

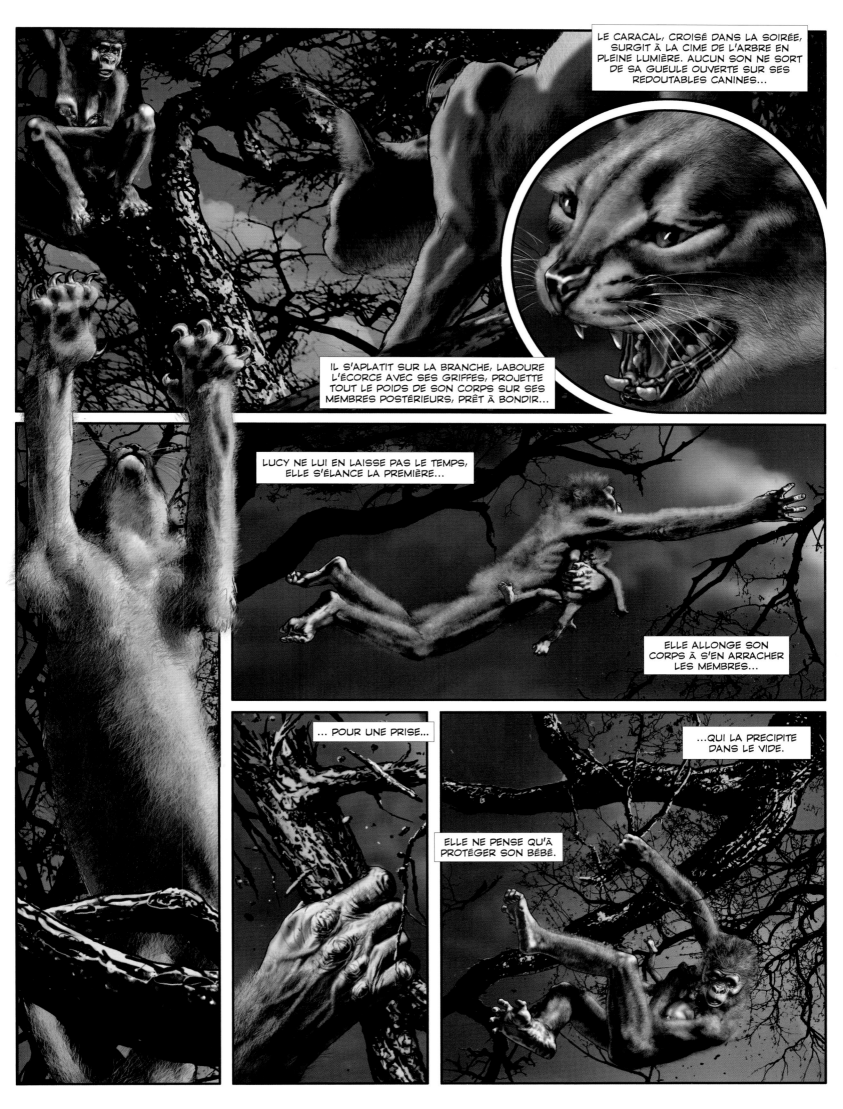

LE CARACAL, CROISÉ DANS LA SOIRÉE, SURGIT À LA CIME DE L'ARBRE EN PLEINE LUMIÈRE. AUCUN SON NE SORT DE SA GUEULE OUVERTE SUR SES REDOUTABLES CANINES...

IL S'APLATIT SUR LA BRANCHE, LABOURE L'ÉCORCE AVEC SES GRIFFES, PROJETTE TOUT LE POIDS DE SON CORPS SUR SES MEMBRES POSTÉRIEURS, PRÊT À BONDIR...

LUCY NE LUI EN LAISSE PAS LE TEMPS, ELLE S'ÉLANCE LA PREMIÈRE...

ELLE ALLONGE SON CORPS À S'EN ARRACHER LES MEMBRES...

... POUR UNE PRISE...

...QUI LA PRÉCIPITE DANS LE VIDE.

ELLE NE PENSE QU'À PROTÉGER SON BÉBÉ.

ELLE S'ÉCRASE AU SOL SUR LE DOS. ELLE RESTE ÉTENDUE, LE CORPS EN PELOTE, INERTE. SON BÉBÉ HURLE.

LE FAUVE S'APPRÊTE DE NOUVEAU À BONDIR...

QUAND ADAM S'ÉLANCE À SON TOUR DANS LES AIRS. IL N'A PAS LA MÊME AGILITÉ QUE LUCY, IL NE PEUT COMPTER QUE SUR SA PUISSANCE.

IL SURGIT SOUS LE NEZ DU FAUVE, TEL UN DIABLE DANS LA NUIT, ACCOMPAGNANT LE GESTE D'IMPRESSIONNANTS CRIS AUX ACCENTS GUERRIERS.

LORSQUE LUCY REVIENT À ELLE, ELLE S'INQUIÈTE TOUT DE SUITE POUR SON BÉBÉ.

CETTE VISION DE LUCY QUI BOUGE EN BAS ÉLECTRISE LITTÉRALEMENT ADAM.

IL SE LANCE AUSSITÔT DANS UN MOUVEMENT COMPLIQUÉ, UNE ACROBATIE IMPROBABLE. IL ASSURE UNE PREMIÈRE PRISE DE JUSTESSE AVANT DE PERDRE L'ÉQUILIBRE ET DE PARTIR À LA RENVERSE POUR UNE ISSUE QUI FAIT CRAINDRE LE PIRE.

IL RETOMBE POURTANT SUR SES PIEDS À BONNE DISTANCE DU CARACAL QU'IL NARGUE DE PLUS BELLE.

LE CARACAL S'EST CONTENTÉ DE LE SUIVRE DES YEUX. CET ÉTRANGE NUMÉRO LUI A DONNÉ LE TOURNIS. IL S'ÉBROUE FURIEUSEMENT, LA BAVE AUX LÈVRES, EXSANGUE.

IL HÉSITE, SOUDAIN, PARAÎT JAUGER LA SITUATION...

PUIS, LENTEMENT, SANS SE DÉPARTIR DE SON FLEGME, DÉCIDE DE TOURNER CASAQUE.

ADAM GRIMPE AU SOMMET DE L'ARBRE POUR VÉRIFIER QU'IL NE S'AGIT PAS D'UNE RUSE.

IL CÉLÈBRE SA VICTOIRE D'UN NOUVEAU SAUT INTRÉPIDE.

CETTE FOIS IL RATE SA PRISE ET FAIT UN PLONGEON DANS LE VIDE. IL ACCOMPAGNE SA CHUTE D'UN HURLEMENT QUI DÉCHIRE LE VOILE DE LA NUIT ET LIBÈRE LES PREMIÈRES COULEURS DU JOUR.

IL ROULE EN TOMBANT AUX PIEDS DE LUCY, ET PERD CONNAISSANCE.

LUCY SE PENCHE AUSSITÔT SUR LUI.

TANDIS QU'ELLE L'OBSERVE AVEC UNE CONCENTRATION INQUIÈTE...

...ADAM OUVRE SOURNOISEMENT UN ŒIL ET PROFITE DE SA PROXIMITÉ POUR LA DÉTAILLER EN CATIMINI.

UN SIFFLEMENT AIGU FAIT INSTANTANÉMENT REPRENDRE CONNAISSANCE À ADAM.

LE SECOND SIFFLEMENT LE FAIT BONDIR SUR SES JAMBES. OUBLIANT TOUTE DOULEUR, IL S'ÉCLIPSE LÂCHEMENT, AVEC TOUT JUSTE UN REGARD NAVRÉ POUR LUCY.

LUCY SE DRESSE FACE AU DANGER.

ELLE CONFIRME SON ADRESSE PHÉNOMÉNALE.

LE PYTHON APPARAÎT DANS SON IMPRESSIONNANTE LONGUEUR. IL TIENT ENROULÉ, DANS SES PUISSANTS ANNEAUX POSTÉRIEURS, LE CORPS DU CARACAL QUI NE SE DÉBAT PLUS QUE MOLLEMENT, HALETANT PAR PETITS SOUBRESAUTS SPASMODIQUES, LA GUEULE ÉCUMANTE DE BAVE, LES PUPILLES DILATÉES PAR L'ASPHYXIE...

LUCY S'EST ACCORDÉ UN TEMPS D'ARRÊT. ELLE JOUE AVEC SON BÉBÉ AU BORD D'UNE PETITE MARE QUE LE SOLEIL, À PRÉSENT HAUT DANS LE CIEL, FAIT BRILLER COMME UN MIROIR. UN TROUPEAU DE DENOTHERIUMS S'AMUSE DANS L'EAU SUR L'AUTRE RIVE.

LE BÉBÉ LÂCHE DES RAFALES DE PETITS CRIS PERÇANTS, PONCTUÉS D'INTERMINABLES VOCALISES. IL MOULINE DANS LE VIDE AVEC SES PIEDS, RYTHMANT SES MOUVEMENTS D'UNE MYRIADE D'ONOMATOPÉES, UN CHANT DOUX ET LÉGER DONT LUCY EST LA SEULE À DÉCHIFFRER LE MYSTÈRE.

... OÙ SON APPENDICE SE GONFLE COMME UN TUYAU D'ARROSAGE.

IL SUFFOQUE DE PLAISIR JUSQU'AU MOMENT...

LUCY RÉCUPÈRE DE L'EAU DANS SA MAIN POUR SE LAVER...

LORSQU'ELLE SAISIT LE REFLET DE SON VISAGE ONDULER À LA SURFACE DE LA MARE.

ELLE AIGUISE SA CURIOSITÉ À JOUER AVEC CETTE IMAGE MOUVANTE, À LA FOIS PLEINE D'ÉTRANGETÉ ET SI FAMILIÈRE, DONT ELLE A CONSCIENCE QU'ELLE REPRÉSENTE UNE ÉMANATION D'ELLE-MÊME.

ELLE POSE L'EXTRÉMITÉ DE SON INDEX DANS L'EAU, AU CENTRE DE SON PROPRE REFLET, CRÉANT UN CHAPELET D'ONDES QUI TRANSPORTENT SON IMAGE VERS LE CENTRE DE LA MARE.

LE SPECTACLE GRANDIOSE DE LA SAVANE DANS LA LUMIÈRE DU SOIR NE PARVIENT PAS À APAISER LUCY. À BOUT DE FORCE, DÉCOURAGÉE, ELLE LAISSE SON REGARD SE COGNER CONTRE LA MONTAGNE BLANCHE, AUX PRISES AVEC DES PENSÉES QUI N'APPARTIENNENT QU'À ELLE.

LE SOLEIL ALLUME DES INCENDIES DANS LES REMOUS DES EAUX AGITÉES DU GRAND FLEUVE, DONT ON PEUT SUIVRE LE COURS SINUEUX AU CREUX DE LA VALLÉE. QUELQUE PART, AU-DELÀ DU RUBAN BLEU, ELLE CROIT APERCEVOIR UNE COLONNE HUMAINE QUI TRAVERSE UNE CLAIRIÈRE. TRÈS VITE, ELLE PERD LES SILHOUETTES QUI ONT LA CONSISTANCE D'UN MIRAGE QUI VACILLE DANS LES OMBRES PORTÉES DU SOLEIL COUCHANT.

ELLE N'A PAS MANGÉ DEPUIS DEUX JOURS. ELLE PRESSE VIGOUREUSEMENT SON SEIN...

ELLE N'A PAS ASSEZ DE LAIT POUR NOURRIR SON BÉBÉ.

NON LOIN D'ELLE, ADAM VEILLE.

48

LE SOLEIL A QUELQUES HEURES. À BOUT DE FORCE, LUCY S'EST ENDORMIE SUR PLACE.

SUR UN ROCHER EN RETRAIT, ADAM CONTINUE DE VEILLER. IL MANIFESTE SA PRÉSENCE EN ÉPLUCHANT BRUYAMMENT UNE MANGUE.

EN SE RÉVEILLANT, LUCY DÉCOUVRE LA MANGUE POSÉE SUR LE ROCHER. ADAM N'EST PLUS LÀ !

LUCY EST VULNÉRABLE, ESSEULÉE, ET LE DANGER EST PARTOUT.

L'ATTAQUE EST FULGURANTE. UNE FEMELLE BABOUIN PERCUTE LUCY DE PLEIN FOUET.

LUCY A LA RESPIRATION COUPÉE, ELLE NE PEUT EMPÊCHER LE CYNOCÉPHALE DE LUI ARRACHER SON BÉBÉ.

ADAM SURGIT DE NULLE PART, LE VISAGE DÉFORMÉ PAR UNE RAGE FÉROCE.

IL DOUBLE LUCY SANS SE RETOURNER, ET POURSUIT LES BABOUINS VERS LE GROUPE DE ROCHERS OÙ ILS SE DISPERSENT DÉJÀ.

UN COMBAT ACHARNÉ
S'ENGAGE. ADAM EST
SANS PITIÉ.

UN SINGE L'ATTAQUE DANS LE DOS ET LUI ARRACHE UNE OREILLE AVEC SES DENTS.

MAIS NUL, EN CE JOUR, NE PEUT S'OPPOSER À LA FORCE BARBARE D'ADAM...

LES PLEURS DU BÉBÉ ONT CESSÉ.

APRÈS UN LONG MOMENT DE TENSION, OÙ ILS ONT ATTENDU EN VAIN QUE LA "VOLEUSE" SORTE DE LA CACHE, LUCY DÉCIDE D'IMITER LE SIFFLEMENT AIGU DU PYTHON...

L'IMITATION EST SI PARFAITE QU'ADAM EN A FROID DANS LE DOS.

LA FEMELLE BABOUIN TOMBE DANS LE PIÈGE.

ADAM NE LUI LAISSE PAS LE TEMPS DE S'INQUIÉTER DAVANTAGE.

LUCY PLONGE SES MAINS DANS LE TROU, SES JAMBES SE METTENT À FLAGEOLER, COMME UN MAUVAIS PRESSENTIMENT.

ELLE RÉCUPÈRE LE CORPS INERTE DE SON BÉBÉ. UNE PROFONDE MORSURE DÉCHIRE SA POITRINE QUI SAIGNE ABONDAMMENT.

ADAM L'OBSERVE, IMPUISSANT. UNE SOUDAINE TRISTESSE ENVAHIT SON REGARD. SON CORPS JUSQUE-LÀ TENDU COMME UNE LIANE SE RELÂCHE D'UN COUP.

UNE CHAPE DE PLOMB PARAÎT AVOIR VIDÉ LA SAVANE DE TOUT CE QUI RESPIRE. LUCY EST REVENUE À LA MARE CHERCHER UN SEMBLANT DE FRAÎCHEUR.

ELLE SERT SON ENFANT SANS VIE CONTRE ELLE, ÉPROUVANT AU PLUS PROFOND D'ELLE-MÊME UNE PEUR ÉTRANGE, UNE DOULEUR INCONNUE, UNE IMPRESSION INDICIBLE DE NÉANT MÊLÉE À UN SENTIMENT D'ABSENCE, DE VIDE INFINI.

LE CORPS DE SON ENFANT EST LOURD, IMMOBILE, TÉTANISÉ. SES PAUPIÈRES FRIPÉES OBTURENT SES YEUX AVEC UNE TELLE IMMOBILITÉ QUE LA VIE SEMBLE S'EN ÊTRE ÉCHAPPÉE.

MAIS LUCY NE PEUT S'ARRÊTER AUX APPARENCES, ELLE DOIT OBÉIR À SON INSTINCT DE MÈRE.

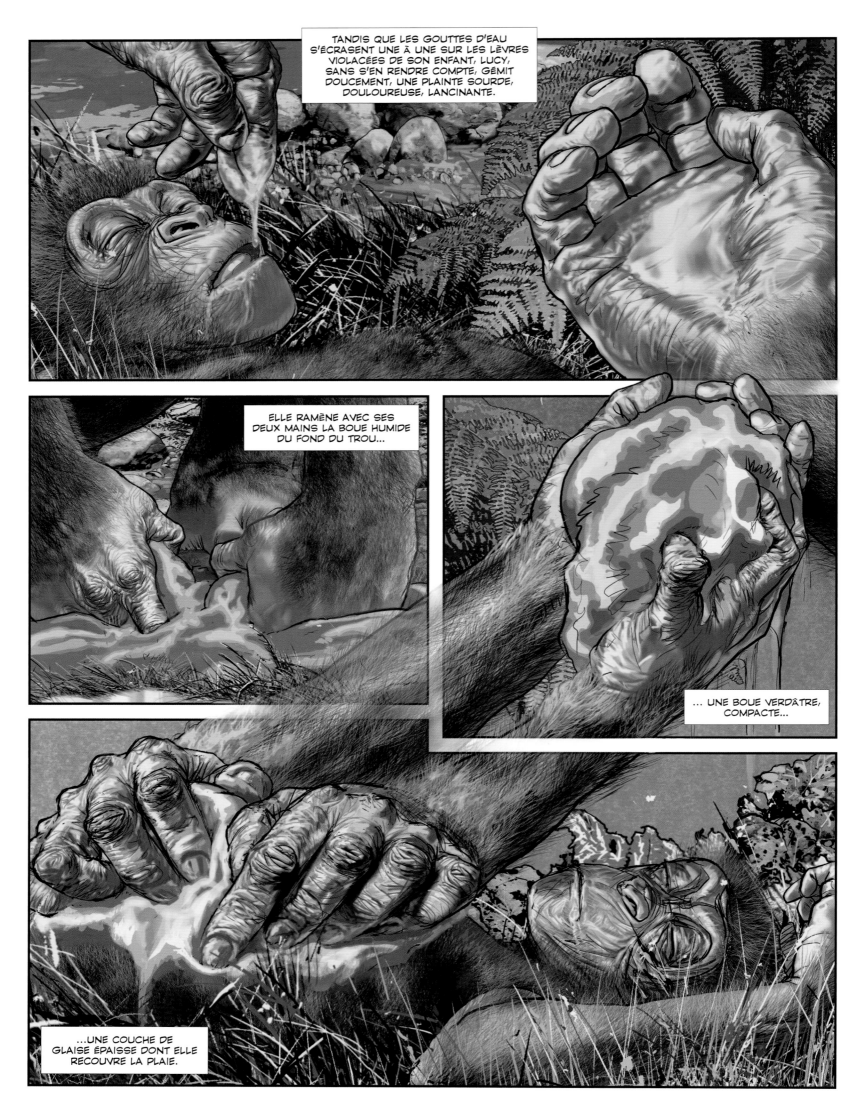

TANDIS QUE LES GOUTTES D'EAU S'ÉCRASENT UNE À UNE SUR LES LÈVRES VIOLACÉES DE SON ENFANT, LUCY, SANS S'EN RENDRE COMPTE, GÉMIT DOUCEMENT, UNE PLAINTE SOURDE, DOULOUREUSE, LANCINANTE.

ELLE RAMÈNE AVEC SES DEUX MAINS LA BOUE HUMIDE DU FOND DU TROU...

... UNE BOUE VERDÂTRE, COMPACTE...

...UNE COUCHE DE GLAISE ÉPAISSE DONT ELLE RECOUVRE LA PLAIE.

ADAM TIENT UNE POSITION SUR LE ROCHER LE PLUS HAUT,
IL EST AUX AGUETS. IL S'EXERCE À SCRUTER L'OBSCURITÉ,
À L'AFFÛT D'UN DANGER QUI PEUT PRENDRE N'IMPORTE
QUELLE FORME AVEC LA NUIT QUI TOMBE.

DE TEMPS EN TEMPS, IL
ADRESSE UN REGARD FURTIF
PLEIN D'INQUIÉTUDE EN
DIRECTION DE LUCY.

RECROQUEVILLÉE SUR SA DOULEUR, LUCY
RÉCHAUFFE LE CORPS DE SON BÉBÉ EN
L'ENVELOPPANT, COMME SI LE FIL TÉNU
DE SA VIE Y ÉTAIT SUSPENDU.

ELLE TOURNE SA SOUFFRANCE VERS
LES FORCES MYSTÉRIEUSES DU CIEL,
DONT ELLE RESSENT AU PLUS PROFOND
D'ELLE-MÊME LA TOUTE-PUISSANCE.

LA NUIT A DÉJÀ ÉGRENÉ BEAUCOUP DE SES HEURES. LUCY A CONSERVÉ LA MÊME POSITION. LA PRÉSENCE D'ADAM QUI VEILLE LA RASSURE PLUS QU'ELLE NE SAURAIT L'AVOUER.

ELLE RELÈVE TIMIDEMENT LES YEUX DANS SA DIRECTION.

ADAM SE REDRESSE, PRIS DE COURT. IL HÉSITE, SA GÊNE EST TOUCHANTE.

LORSQU'IL LA REJOINT, ILS SE CONTENTENT DE S'OBSERVER, CALMES ET GRAVES, S'APPLIQUANT SILENCIEUSEMENT À S'IMPRÉGNER DE LA PRÉSENCE DE L'AUTRE.

IL SE SERRE MALADROITEMENT CONTRE ELLE, LEURS DOIGTS S'EFFLEURENT, SE TOUCHENT. SA MAIN CAPTURE DÉLICATEMENT LA SIENNE...

... POUR FORMER UN NOUVEAU MONDE.

UN AUTRE JOUR S'AVANCE, INCENDIANT LA NUIT SUR TOUT LE FRONT DE L'HORIZON.

LUCY EST RÉVEILLÉE PAR SON BÉBÉ QUI LUI TÈTE LE SEIN.

LA VIE EST REVENUE DERRIÈRE LES PAUPIÈRES QUI SE SONT OUVERTES. ELLE LE REGARDE SANS OSER BOUGER, ÉMUE.

ADAM EXULTE EN VOYANT LE BÉBÉ REVENU À LA VIE, MAIS IL EST PORTEUR D'UNE AUTRE NOUVELLE.

ADAM A ENTRAÎNÉ LUCY SUR UN COTEAU QUI SURPLOMBE LA RIVIÈRE, À COUVERT DU FEUILLAGE.

ELLE N'A AUCUN MAL À RECONNAÎTRE SES FRÈRES, CELLE QUI A DU MAL À MARCHER, CELUI QUI N'A PLUS QU'UN BRAS, CELLE QUI MANGE TOUT LE TEMPS ET LES HUIT ENFANTS DU CLAN, QUI JOUENT DANS L'EAU À S'ÉCLABOUSSER.

ELLE LANCE SON APPEL, CETTE SUITE DE SONS GRAVES ET AIGUS AUX SILENCES CALIBRÉS.

ET LA VOIX SI FAMILIÈRE DE LA FEMELLE LA PLUS ANCIENNE LUI REVIENT EN ÉCHO.

IL SUFFIT À PRÉSENT QU'ELLE TRAVERSE LE COURS DE CETTE RIVIÈRE POUR LES REJOINDRE. POURTANT, APRÈS LES AVOIR TANT CHERCHÉS, TANT ESPÉRÉS, ELLE HÉSITE. ELLE NE PEUT S'EMPÊCHER D'ÉPROUVER UNE SOUDAINE TRISTESSE.

DE L'AUTRE CÔTÉ DE LA RIVIÈRE, LE CLAN SUREXCITÉ CONTINUE DE L'APPELER.

ELLE A UN DERNIER REGARD POUR ADAM, COMME UNE PROMESSE.

ADAM S'EST DÉJÀ ÉCARTÉ DU BORD DE LA RIVE.

TOUT LE CLAN ACCUEILLE LUCY. LES FEMELLES SONT LES PLUS DÉMONSTRATIVES.

ELLES ROULENT DES SONS AIGUS DANS LEUR GORGE POUR CÉLÉBRER LES RETROUVAILLES. TOUT LE MONDE VEUT L'APPROCHER, LA TOUCHER. LUCY SE RETOURNE, INQUIÈTE. SON REGARD BALAYE TOUTE LA BERGE SUR LA RIVE OPPOSÉE, EN VAIN. ADAM N'EST PLUS LÀ.

LES MÂLES ABANDONNENT LA RIVIÈRE, À L'AFFÛT DES GROS CUMULO-NIMBUS QUI SE DÉPLACENT À VIVE ALLURE DANS LE CIEL.

AVEC LA NUIT, L'ORAGE A ÉCLATÉ, UNE PLUIE DILUVIENNE S'EST
MISE À TOMBER. LES MÂLES, LES FEMELLES ET LES ENFANTS
S'ENTRAÎNENT EN UNE SUITE DE PAS ENDIABLÉS. ILS CÉLÈBRENT
LE DÉLUGE QUI SE DÉVERSE SUR EUX PAR DE LONGS CRIS
ININTERROMPUS DE VICTOIRE, S'ÉTREIGNANT, SE CONGRATULANT
DE MANIÈRE DÉMONSTRATIVE ET VIOLENTE.

LUCY S'EST DÉTACHÉE DU GROUPE SANS VRAIMENT LE VOULOIR. ELLE NE SE SENT PLUS RIEN DE COMMUN AVEC CES CRÉATURES, QUI DANSENT SOUS LA PLUIE, SES FRÈRES D'HIER.

ELLE DÉVALE LA PENTE EN DIRECTION DE LA RIVIÈRE, INSENSIBLE AUX TROMBES D'EAU QUI LUI CINGLENT LE VISAGE, COMME SI LE TEMPS TOUT À COUP SE PRÉCIPITAIT.

ELLE S'IMMOBILISE SUR LA BERGE À BOUT DE SOUFFLE.

ADAM L'ATTEND, IMMOBILE, TREMPÉ JUSQU'AUX OS, LES COUVRANT, ELLE ET SON BÉBÉ, DE SON REGARD PROTECTEUR.

ELLE A UN MOUVEMENT LASCIF DE LA TÊTE POUR LUI DEMANDER DE LA REJOINDRE.

ADAM S'ENGAGE PRUDEMMENT DANS L'EAU MAIS LE COURANT A PRIS DE LA FORCE AVEC L'ORAGE.

LUCY COURT LE LONG DE LA BERGE, COMPLÈTEMENT PANIQUÉE. ELLE ESSAIE DÉSESPÉRÉMENT DE REPÉRER LE CORPS D'ADAM BRINGUEBALÉ PAR LE COURANT.

LE LIT DE LA RIVIÈRE A BEAUCOUP GONFLÉ. LE SOL SABLONNEUX SE DÉROBE SOUS LUI. IL PERD PIED ET, TOUT À COUP, LE COURANT L'EMPORTE...

ON LE VOIT DISPARAÎTRE, ENGLOUTI SOUS D'ÉNORMES REMOUS TOURBILLONNANTS, SEMBLANT NE DEVOIR JAMAIS RÉAPPARAÎTRE ET RÉAPPARAISSANT COMME PAR MIRACLE UN PEU PLUS LOIN.

ELLE TROUVE UN BOUT DE TRONC D'ARBRE RONGÉ D'HUMIDITÉ, ÉCHOUÉ ENTRE DEUX ROCHERS.

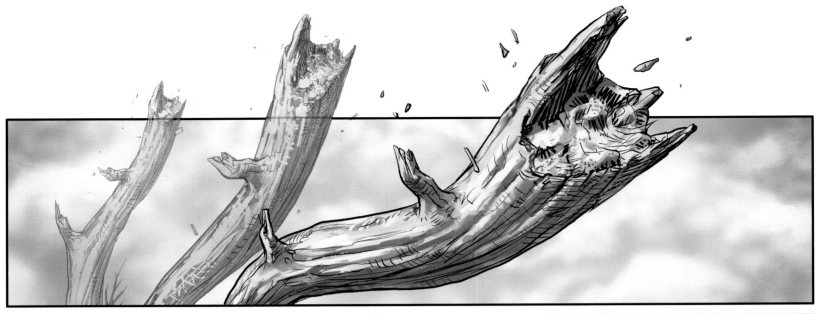

ADAM REFAÎT SURFACE, IL S'ACCROCHE AU TRONC D'ARBRE QUE LUCY LUI A JETÉ... IL Y PREND APPUI ET PEUT ENFIN SORTIR LA TÊTE DE L'EAU POUR RESPIRER.

IL HAPPE L'AIR À PLEINS POUMONS, LIVIDE, LES YEUX ROUGES EXORBITÉS, LES VEINES DE CHAQUE CÔTÉ DES TEMPES GONFLÉES PAR L'ASPHYXIE.

IL PROFITE D'UN ENDROIT OÙ LE COURS DE LA RIVIÈRE SE RESSERRE POUR S'AGRIPPER À UN ROCHER. IL EST VIOLEMMENT PROJETÉ SUR UN BANC DE GALETS, SUR LEQUEL IL S'ÉCHOUE. IL RESTE ÉTENDU SUR LE DOS, VOMISSANT PAR SALVES TOUTE L'EAU QU'IL A AVALÉE.

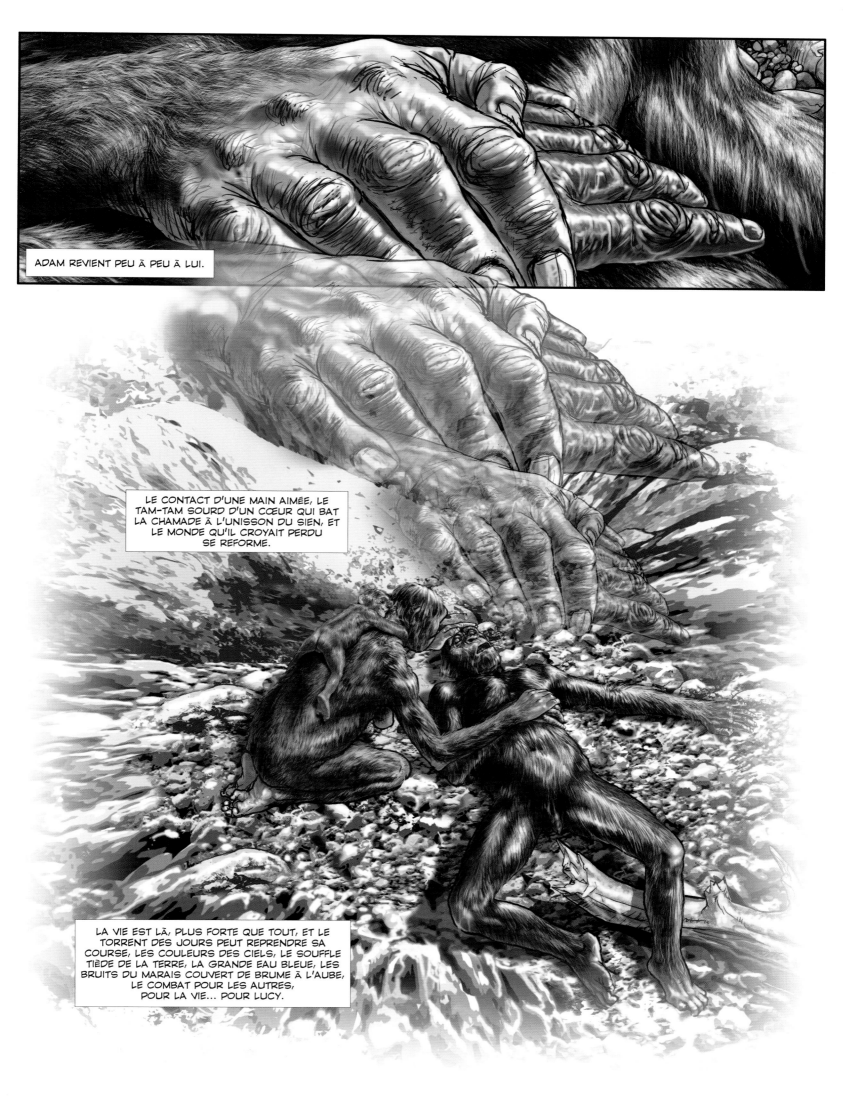

ADAM REVIENT PEU À PEU À LUI.

LE CONTACT D'UNE MAIN AIMÉE, LE
TAM-TAM SOURD D'UN CŒUR QUI BAT
LA CHAMADE À L'UNISSON DU SIEN, ET
LE MONDE QU'IL CROYAIT PERDU
SE REFORME.

LA VIE EST LÀ, PLUS FORTE QUE TOUT, ET LE
TORRENT DES JOURS PEUT REPRENDRE SA
COURSE, LES COULEURS DES CIELS, LE SOUFFLE
TIÈDE DE LA TERRE, LA GRANDE EAU BLEUE, LES
BRUITS DU MARAIS COUVERT DE BRUME À L'AUBE,
LE COMBAT POUR LES AUTRES,
POUR LA VIE... POUR LUCY.

EN HAUT DE LA PISTE, UN ENFANT JOUE À POSER SES PAS DANS D'AUTRES PAS, PLUS GRANDS QUE LES SIENS, QUI S'IMPRIMENT DANS LA CENDRE DEVANT LUI.

IL SAUTE D'UNE EMPREINTE À L'AUTRE, FACÉTIEUX, POUSSANT DES PETITS CRIS DE VICTOIRE CHAQUE FOIS QU'IL RETOMBE DANS LA MARQUE.

L'ENFANT LÂCHE BRUSQUEMENT LA MAIN DE LUCY QUI ATTEND UN AUTRE BÉBÉ. IL A VU "QUELQUE-CHOSE" QUI AIMANTE SON REGARD. IL RESTE EN ARRÊT, COMME HYPNOTISÉ.

ADAM, DE SON CÔTÉ, ÉVALUE DU REGARD L'ÉTROIT PASSAGE QUI MONTE EN PENTE DOUCE VERS LES PREMIERS CONTREFORTS DU VOLCAN ENNEIGÉ.

UNE HUPPE BLANCHE VIENT DE SE POSER SUR UN ARBRISSEAU À QUELQUES MÈTRES SEULEMENT DE L'ENFANT.

L'OISEAU ET L'ENFANT S'OBSERVENT SANS BOUGER.

L'OISEAU REDRESSE SA HUPPE ÉRECTILE POUR MANIFESTER SON INQUIÉTUDE.

L'ENFANT VEUT FAIRE UN PAS...

L'OISEAU S'ENVOLE AUSSITÔT DÉPLOYANT SES MAGNIFIQUES AILES BLANCHES DANS LE BLEU DE L'AZUR...

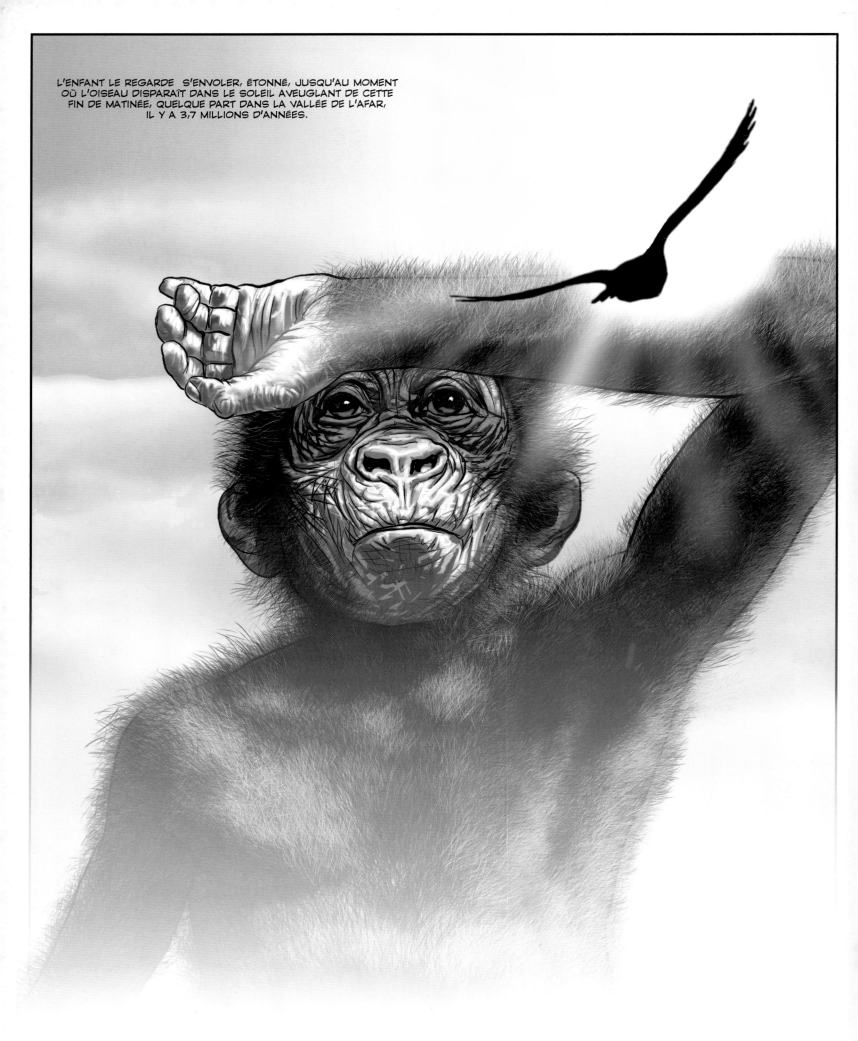

L'ENFANT LE REGARDE S'ENVOLER, ÉTONNÉ, JUSQU'AU MOMENT OÙ L'OISEAU DISPARAÎT DANS LE SOLEIL AVEUGLANT DE CETTE FIN DE MATINÉE, QUELQUE PART DANS LA VALLÉE DE L'AFAR, IL Y A 3,7 MILLIONS D'ANNÉES.

GENÈSE
Esquisses et recherches

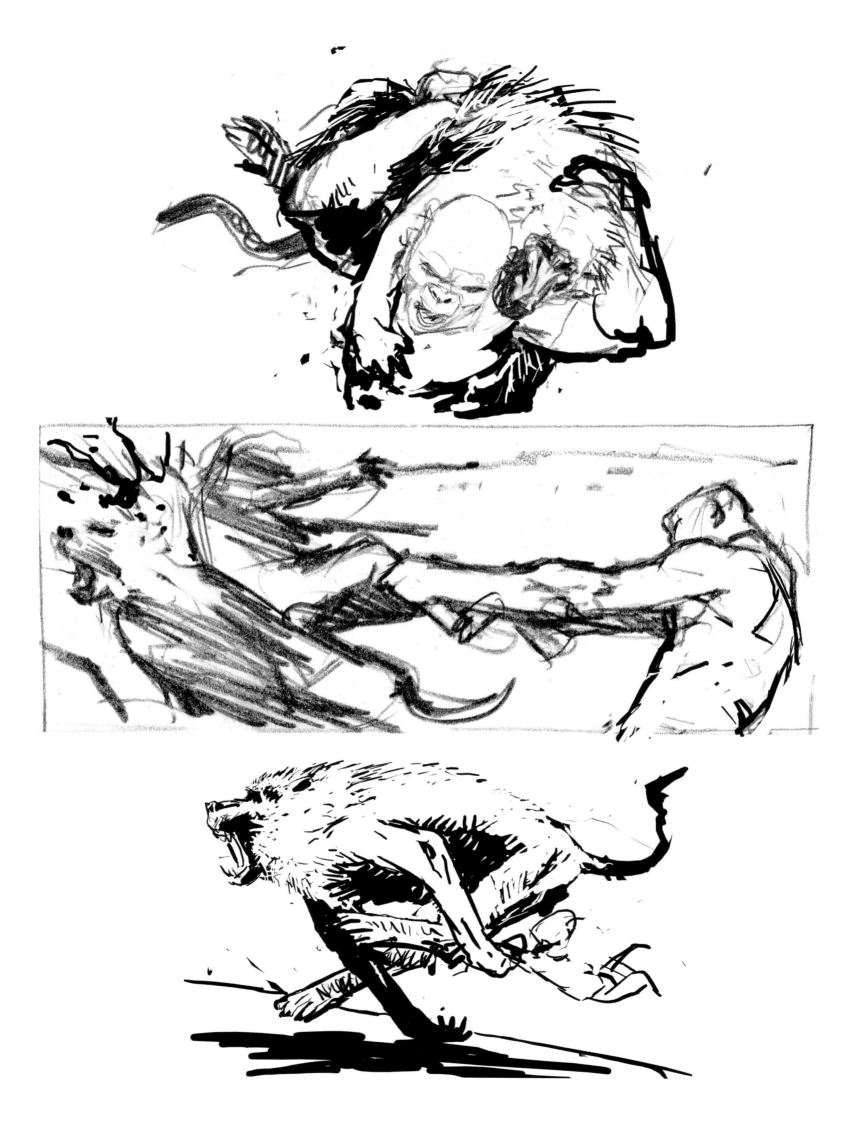

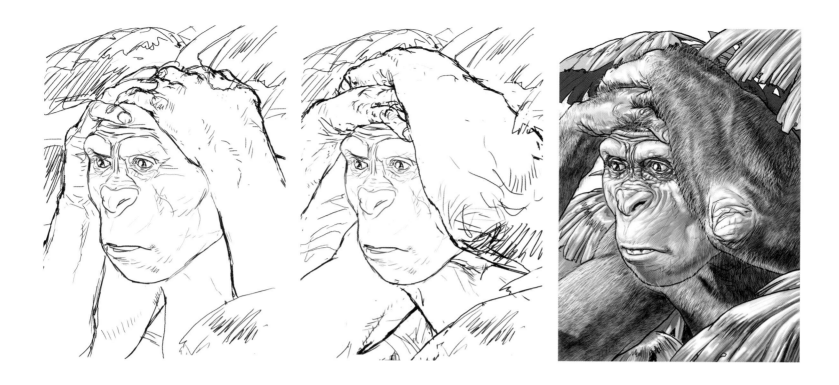

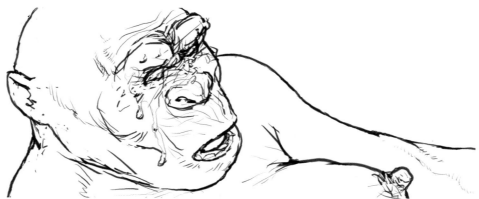

Postface
d'Yves COPPENS,
Professeur au Collège de France

Patrick Norbert et Tanino Liberatore ont associé leurs talents (et quels talents !) pour raconter cette histoire exceptionnelle de Lucy et de ses amours ; le lyrisme de l'un, l'imagination de l'autre (on pourrait d'ailleurs tout aussi bien inverser et dire l'imagination de l'un, le lyrisme de l'autre) ont abouti à ce merveilleux album, merveilleux par la luxuriance de la savane qu'il décrit, merveilleux par l'émotion du récit qu'il transcrit, signe d'émergence de la conscience que tout cela signifie.

Mais parlons Science d'abord !

Lucy est un petit squelette de Préhumain de 3 200 000 ans attribué à une espèce particulière, Australopithecus afarensis, espèce qui a vécu de 4 000 000 d'années (ou un petit peu moins) à 3 000 000 d'années (ou un petit peu plus) en Éthiopie, au Kenya et en Tanzanie ; Lucy était bien sûr debout, comme tous les Préhumains depuis 10 000 000 d'années, et sa locomotion associait arboricolisme agile à bipédie chaloupée. Dans cette même grande province de l'Afrique orientale, Australopithecus afarensis était contemporain des deux autres Préhumains, Australopithecus anamensis et Kenyanthropus platyops. On sait que le premier ne grimpait plus mais on n'en connaît pas la tête ; on sait que le second avait le visage plat mais on n'en connaît pas les membres.

À la fin de l'époque d'Australopithecus afarensis, d'Australopithecus anamensis et de enyanthropus platyops, et dans la période immédiatement suivante, apparaissent, en Afrique orientale, Australopithecus aethiopicus et Australopithecus boisei (Lucy) et Homo habilis et Homo rudolfensis, les premiers Hommes, descendant peut-être d'Australopithecus anamensis ou de Kenyanthropus platyops.

Cette époque n'a évidemment pas été choisie au hasard par les auteurs puisqu'elle est charnière entre Préhumain et Humain, entre savoir et savoir qu'on sait, entre langage modulé et langage articulé, entre outil simple et outil fabriqué.

Avec Lucy, la conscience est, sans doute, un éveil. Avec Adam, elle affleure, avec Adam, on hange la forme de la pierre avant de s'en servir pour l'adapter à la fonction à laquelle on la destine. Avec Lucy, on se sert (probablement) de la pierre, de l'os, du bâton ou de quelque objet que ce soit avec discernement mais sans l'aménager. Chez Lucy, on communique sûrement et beaucoup et souvent, et on le fait par gestes, par mimiques, par sons, modulés, pondérés, scandés, par cris ; chez Adam, on commence à échanger en articulant.

Lucy, c'est Elle, la belle Préhumaine, grimpante, pimpante et pleine de ruses et d'émotions. Adam, c'est Lui, l'Humain curieux, amoureux, et plein de réflexion et de prévenance.

Ce serait dommage de voir du méchant sexisme dans le fait que ce soit Lucy l'émergeante et Adam l'émergé ; la situation inverse aurait tout aussi bien pu se présenter si, en Éthiopie ou ailleurs, cela avait été un sujet masculin suffisamment complet que l'on ait découvert et qui, gratifié d'un joli prénom, avait couru le monde, tel une icône de l'évolution humaine ; ce récit l'aurait sans doute fait pâlir d'amour devant la première Femme consciente, qui, bien sûr, se serait appelée Ève. Mais voilà, le narrateur est conditionné par le Scientifique qui a découvert une Lucy complète alors qu'il n'a trouvé qu'un Adam en morceaux, et a conclu à la féminité quasi incontestable de la première, celle précisément qui est devenue, et sans doute pour longtemps, le symbole de la recherche des origines.

Alors laissons-nous simplement emporter par l'histoire, pleine de péripéties, une histoire que j'aime beaucoup parce qu'elle est belle, parce qu'elle est tendre, colorée comme les tropiques, solennelle comme une parabole et parce qu'elle finit bien. Laissons-nous aussi entraîner dans la brume des temps et des alliances, dans celle des rêves et des rencontres… Qui sait d'ailleurs réellement ce qu'a été cette période extraordinaire de passage de l'état de Presqu'humain à celui d'Humain à part entière ? On la perçoit sûrement d'autant mieux qu'elle est passée. Peut-être les nuances dont on fait état n'apparaissaient-elles d'ailleurs pas du tout.

Un bien beau livre en tout cas, dont les images s'imprimeront longtemps dans l'esprit de ses heureux lecteurs.

Du même auteur
Tanino Liberatore

Chez le même éditeur
Ranx
(3 volumes et une intégrale – scénario de Stefano Tamburini et Alain Chabat)
Ranx – Ré/Incarnations
Petites morts (et autres fragments du chaos)
Les univers de Liberatore
Les femmes de Liberatore
Les Onze Mille vierges
(texte de Guillaume Apollinaire)
Les Fleurs du Mal
(poèmes de Charles Baudelaire)
Lucy – L'espoir
(scénario de Patrick Norbert)

© 2019 Éditions Glénat pour la présente édition
Couvent Sainte-Cécile – 37 rue Servan – 38000 GRENOBLE
www.glenat.com

Tous droits réservés pour tous pays.
Dépôt légal : juin 2019
ISBN : 978-2-344-02663-2 / 001
Achevé d'imprimer en France en mai 2019 par Pollina, 85096,
sur papier provenant de forêts gérées de manière durable.

 **PEFC** 10-31-2065 / **Certifié PEFC** / pefc-france.org